für Helga

von

Vivien Petri

Der Orangenhändler von La Solé

story.one – Life is a story

story.one

ISBN: 978-3-7108-5825-3

Für meine Torten. Für Sarpir.
Für die Träumer. Für die
Geschichten und die Liebe darin.

"To the readers who look up at
the stars and wish" (S.J. Maas)

INHALT

Der Orangenhändler von La Solé

Es war drei Jahre, nachdem die Welt aufgehört hatte zu sein.

„Der Tod wird uns noch alle holen!"
Monsieur Loui nickte nur. Er drehte an der Kurbel seiner Jalousie. Mit einem sanften Rattern fächerte sich der grün-weiß gestreifte Stoffbogen gegen die aufkommende Morgensonne auf.
Es roch nach Hyazinthen und Sonnenschein. Das Licht der aufgehenden Sonne auf seiner kleinen Insel spiegelten sich in den Pfützen auf den Asphalt. Wie ein Regenbogen. Ein Spiel aus Sonne und Wasser.
Orangen - Orangen in aller Pracht.
Große Orangen. Kleine Orangen.
Dicke Orangen, dünne Orangen.
„Das Übliche für Sie?", fragte er die alte Dame, die hinter ihm stand. Sie war jeden Morgen seine erste Kundin.
„Haben sie mir nicht zugehört? Der Tod, er wird uns alle dahinraffen!"

„Gut möglich.", er beugte sich zu den Holzkisten und stemmte sie auf die Auslage. Der Duft ihrer hellen Schalen erinnerte ihn an den sonnenbeschienen Hainen. In aller Schönheit an den sanften Bäumen der Vincelli-Berge. Eines Tages würde er mal dorthin fliegen und den Orangen beim Wachsen zu sehen. Er nahm eine Frucht und drehte sie in der Hand. Sie waren so weich und doch hatten sie diese bemerkenswerte, gesprenkelte Textur. Ein Meisterwerk der Natur, welches gleichzeitig süß als auch bitter sein kann.

Monsieur Loui drehte sich zu seiner geschätzten Kundin herum. Sie stand immer noch da, mit dem Regenschirm in der Hand und den schiefen, bunten Seidenhut, gespickt mit Vogelfedern.

„Die sind extra frisch. Nur für Sie Madame."

Madame Couturière sah ihn an und wog dann den Kopf von einer Seite zur anderen.

„Haben Sie auch süße? Ich mag keine bitteren."

„Orangen sind immer süß und bitter zugleich, Madame."

„Dann nehme ich die, die süßer sind."

Loui sortierte ein kleines Dutzend Orangen aus seiner Ablage und packte sie für die Kundin in ihren Korb. Sie kam jeden Morgen und fragte stets nach süßen Orangen. Er wusste von ihr, dass sie eine ehemalige Seidenspinnerin der südlichen Insel war. Ihre kreativen Hüte und die schönen Seidenkleider erzählten die Geschichten der entfernten Platten. Sie muss vor einigen Jahren mit den Flugschiffen auf diese abgelegene Insel gekommen sein. Anders kam man nicht über die bodenlose Leere, die zwischen den Inseln lag.

La Solé, lag im südwestlichen Teil der Inseln. Eine recht kleine Insel. Die Straßen waren so klein, dass kaum ein Kutschgespann hier hindurchpasste. Die Häuser standen eng in einer Reihe und waren in unterschiedlichsten Farben gestrichen. Seines hatte die Farbe von blühenden Orangenhainen. Ein schiefes Schild aus Bronze hing über seiner Pforte.

Orangen von La Solé.

„Der Tod.", murmelte die alte Dame und blickte auf die Orangen, die Monsieur Loui ihr aushändigte.

„Was ist mit dem Tod, Madame?", fragte er, während die Morgensonne die Spitze der Hausdächer erreichte und in sein Gesicht fiel. Seine sommersprossige Haut wurde erwärmt von den warmen Strahlen.

Sie blickte auf die Orangen und schüttelte den Kopf.

„Ach nichts."

Die Zeitseherin

Es ist eigentlich ein ziemlich einfaches Prinzip.

März verstand nicht so recht, warum es Leute kompliziert finden sollten.

Sie war eine Zeitseherin. Andere waren Buchhändler, Schneider, Hutmacher oder Teetrinker.

Sie war eine Zeitseherin. Das war keine Berufung, kein Job und auch kein Hobby. Es war sie. *Sie selbst.*

Sie spazierte über die Dächer einer kleinen Stadt. Eigentlich nur um sich die Beine zu vertreten. Ihr Schiff hatte am morgen angelegt, aber eigentlich waren sie auf den Weg in die kaiserliche Hauptstadt Avinn-Cil. Die kleine Händler-Insel La Solé, war nur ihr Zwischenhalt um die Flugschiffe zu versorgen. Sie hatte einen Brief vom Kaiser erhalten, der ihre Anwesenheit auf Avinn-Cil verlangte. Als Zeitseherin unterstand sie dem Befehl der oberen Leute. Es wäre sonst zu gefährlich sie einfach durch die Inseln wandern zu lassen. Ihre Wachen wandern mürrisch unten in den Straßen entlang und fragten sich wahrscheinlich gerade, wann März die Freundlichkeit besaß, vom Dach wieder herunterzukommen. Und doch kam sie nicht umher zu ihrem Schwertmeister zu schielen. Ihre Wache, ihr Begleiter. Jener mit den kühnen, schönen Augen und dem schwarzen Haar. Sie grinste.

Gerade kam sie an dem Dach eines kleinen Händlers vorbei und beging den Fehler nach unten zu sehen. Eine alte Dame stand an einen Stand und kaufte etwas. Äpfel oder so.

März Augen flimmerten und sie blickte zu der Zahl, welche in Form von goldenen Ziffern über den Kopf der alten Dame erschien. Eine kurze Zahl. Aber sie war dennoch lange genug, dass sie noch viele Sonnenaufgänge sehen würde. Sie blickte zu dem Mann der ihr die Kiwis, Melonen oder was auch immer verkauft hatte … und stutzte.

März blinzelte. Sie stieg an den Rand des Dachs und ging ein wenig in die Hocke.

Der Herr da unten mit dem jungen Gesicht, lockigen Haaren und Sommersprossen … hatte keine Zeit über seinen Kopf. März drehte den Kopf wie eine Eule, während ihr ein katzenhaftes Lächeln über das Gesicht wanderte.

„Interessant.", murmelte sie und betrachtete den Händler einmal von unten nach oben, und von oben nach unten.

März war eine Zeitseherin. Was bedeutete, sie kann beim Betrachten eines Menschen seine Lebensspanne erkennen. Wie ein Uhrwerk zeigten sich die Zahlen über ihren Köpfen in goldener Schrift. Dabei sah die Uhr eines Jeden unterschiedlich aus. Die der alten Dame da unten, hatte die Form einer alten Wanduhr, geschnitzt aus Kirschbaumholz und mit kleinen Vögeln verziert. Andere hatte eine Stehuhr, Armbanduhr, Eieruhr, Kuckucksuhr, Taschenuhr … es gab nichts was März noch nicht gesehen hatte.

Der Stundenzeiger zeigte die Jahre an, der Minutenzeiger die Monate und der Sekundenzeiger die Stunden. Das Ziffernblatt zeigte dabei keineswegs nur die Zahlen von eins bis zwölf. Es war kompliziert. Das war März gewöhnt. Doch *das hier* war sie nicht gewöhnt. Das hier war neu und es erweckte ihre Aufmerksamkeit.

Der Mangohändler trat in das Sonnenlicht. Er sah die Zeitseherin auf seinem Dach gar nicht. März grinste.

„Warum hast du keine Lebenszeit über den Kopf, Traubenhändler?"

Der Kartograf seiner Majestät

Kilian hielt seine Hände still.

Er bewies sich immer wieder aufs Neue wie viel Fingerspitzengefühl er bei seiner Arbeit haben musste. Nur ein Atem und die Schraube würde sich in die falsche Richtung biegen. Nur ein Zucken und ...

„Kilian!"

Er zuckte zusammen als sein Kommilitone hereinplatzte. Der Schraubenzieher rutschte ab und der kleine mechanische Vogel begann zu zappeln. Es war ein Rotkehlchen. Das feine Konstrukt aus dünnen Flügeln und goldenen Gehäuse schnurrte und schnatterte als es sich auf den Boden seines Büros fiel. Erst als Kilian es schnell aufhob und den Aufziehschlüssel wieder herauszog, verstummte es.

„*Anklopfen*?!", schnaubte er seinem Freund zu, der einen Stapel gerollter Papiere auf sein Schreibtisch niederließ. Dabei stieß er fast die schöne Uhr um, die Kilian erst letzte Woche repariert hat.

„Du bist der Kartograf seiner Majestät. Warum spielst du mit dem Kinderspielzeug?!", erwiderte Marek.

„Das ist kein Kinderspielzeug, das ist ein alter Postvogel."

„Wir haben mittlerweile Rohrpost und Bedienstete dafür."

„Was willst du, Marek?", fragte Kilian und legte den Vogel in seine Schubladen zu den anderen feinen Schrauben und Werkzeugen.

„Aufträge für dich.", meinte sein Kommilitone und deutete auf die Papierrollen, die er mitgebracht hatte.

Kilian erhob sich und trat zu dem großen Tisch hinüber. Über ihn kreiste ein Modell aus alten Planeten und Sonnensysteme. Er spannte die Papiere in die Schienen und Schraubstöcke und schaltete die große Lampe ein. „Eine weitere Insel?", fragte er während er sich die Zeichnung ansah.

„Unsere Kundschafter entdecken regelmäßig neue. Wer weiß, wann wir endlich alle gefunden haben werden.", meinte Marek, „Dazu sind wir da, die alten Platten nachzuzeichnen und herauszufinden, inwiefern sich die Welt in dutzende Inseln gespalten hat."

Kilian holte einen Sextanten und Messgeräte aus seinen Schubladen hervor und begann die Zeichnungen nach zu skizzieren.

„Meinen ersten Blicken nach, könnte es sich

um ein Plattenstück von Alt-Eurasien handeln.", er blickte nach oben und drehte leicht an
den kupferfarbenen Globus, der an der Decke
hing. „Ich werde es zu meinen Karten hinzufü-
gen und genauer recherchieren."

„Seine Majestät wird sich darüber freuen einen
so guten Kartografen in seinen Diensten zu
wissen."

„Geh und schleim woanders herum.", grunzte
Kilian und zeigte seinem Freund die Tür.

Als Marek mit einem Grinsen verschwunden
war, ließ sich der Kartograf wieder an seinen
Platz fallen. Neben seinen Kohlestiften, alten
Globen und malerischen Karten, hatte er sich
einen Korb Orangen gestellt. Er nahm einer der
Früchte hervor und betrachtete sie in seinen
Händen. Sie waren groß, rund und grob. So wie
einst diese Welt gewesen war. Rund, vollkom-
men und ganz. Er brach die Schale auf. Sie brö-
ckelte und verteilte sich in Krumen auf seinen
Tisch. Das war die Welt wie sie nun heute war.
Gespalten in lauter kleine Insel. Einsam und alleine. Wie es wohl gewesen war, als die Welt
noch eins war? Er hätte gerne solche Karten gezeichnet.

Gedichte einer Insel I

Tropfen aus Tau gemacht
Lächeln dich an in der Stadt der kleinen Häuser
Weit entfernt von den Splittern der Welt
Ein Mann, der sein Handwerk liebt
Himmelblau das Firmament
Zitronengeld die Sonne
Zinnoberrot die Dächer

Hell und rund
Kleine Makel
Und doch perfekt
So wie es einst die Welt gewesen war
Doch nun zerteilt
Schwimmend auf Inseln verteilt
Südwesten davon
Dort liegt ein Orange-Laden
Auf La Solé

Zeit
Unendlich und doch so kurz
Mal ist sie schnell und manchmal erbarmungs-
los
Rinnt sie aus
Fängt sie doch woanders wieder an
Immer da und doch unsichtbar

Sekunden
Minuten
Stunden
Sie alle folgen den gleichen Takt
Sie alle haben den gleichen Atem
Nur besondere Augen vermögen sie zu sehen
Zeitseher
Was siehst du durch deine besonderen Augen?

Geruch von Staub und Papier
Messing glänzend
Der Globus sich dreht
Und die Welt mit ihm geht

Was einst wahr, was einst gewesen
Eine neue Welt nun entstanden ist
Vieles was die Menschen noch nicht wissen
Vieles was sie noch lernen müssen

Er zeichnet sie, die neue Welt
Er füllt sie mit Farbe
Filigran und geschickt
Der Kartograf
Nichts ahnend, was das Schicksal ihn noch
bringt

Die Wellenreiterin

„*Wellenreiter.*", antwortete sie den Gast auf seine Frage hin. Der schnurrbärtige Mann hob sein seine Augenbrauen an. „Ihr nennt Euer Schiff, *Wellenreiter*?", echote er. Shiwa legte den Kopf schief, wobei ihr schwarzes Haar ihr über die Schulter fiel. „Habt Ihr ein Problem damit wie ich *mein* Schiff nenne, Sir Babylon?"

Sie hatte den hohen Lord von den Arcaden-Insel nicht gerade freiwillig auf ihre geliebte *Bestie* mitgenommen. Nun, da er aber recht gut bezahlte und sie in den letzten Tagen hohe Abgaben an Gaskosten für den Ballon über ihren Köpfen hatte, war ihr das nur Recht.

Eigentlich hatte sich Shiwa Kresaldi ihr Abenteuer als Luftschiffbesitzerin und freie Seglerin anders vorgestellt. Nach dem Abschluss der Akademie wollte sie die Inseln umsegeln. Ihre Mutter hatte sie damals schon immer belächelt. „Kleiner Traumfänger." Natürlich war es nur ein Traum, aber wer träumte nicht davon die weite Welt zu sehen? Sie hatte viele Jahre lang gelernt und geackert, bis sie alle Tauarten und Windknoten im Schlaf auswendig konnte. Die

Passatwinde waren ihr Zuhause, das knirschende Holz der Planken und das Rauschen des Windes ihre Herzensmelodie. „Nun, Frau Kresaldi. Es gibt keine *Wellen* worauf das Schiff mehr *reiten* kann. Wäre es da nicht vernünftig sie *Wind*reiter und nicht *Wellen*reiter zu nennen?" „Schon. Aber wäre es dann nicht offensichtlich?", grinste sie, während sie sich wieder ihrem Achterdeck zu wandte. „Was wäre ein Name, wenn nicht ein Geheimnis dahinterstecken würde?" Dabei war es so einfach, dachte sich Shiwa während sie wieder die Brücke betrat und den Kunde nachdenklich zurückließ. Wellenreiter, das war ihr Schiff, aber den Wind … den konnten sie nur zusammen reiten. Wenn er durch ihre Jacke und Haare fuhr, wenn der Bug sich bäumte und die Taue um den Heißluftballon knirschen. Wenn ihr Schiff im Wind jaulte und Shiwa mit ihr schrie. Dann waren sie *Wellenreiter. Frei.* Nun, - solange bis sie es bezahlen konnte. Ein dämliches Flugschiff zu unterhalten war nicht einfach. Ihr Bruder half ihr oft, aber Mikah hatte sich gerade irgendwo im Frachtraum zurückgezogen. Ein reicher Kunde rettet sie aus dem Minus. Sie transportierte auch manchmal Güter. Ihr Stauraum war voll mit Drachenfrüchten, Kiwis und Orangen aus den südlichen Inseln. So hielt Shiwa sich und ihre *Wellenreiter* über Wasser. Und somit erkaufte sie sich aufs neue ihre eigene Freiheit. Aus einem Traum wurde Wahrheit.

„Ein Schiff mit einem einzigartigen Namen."

Sie drehte sich verwundert zu der bekannten Stimme um. Ein Mann lehnte an der Reling und sein Umhang hatte sich im Spiel des Windes verfangen. Sie kannte den Herr. Er war ein häufiger Gast auf ihrer *Wellenreiter*.

„Wo geht es dieses Mal hin, alter Freund?", fragte sie ihn, während sie das Steuerrad leicht nach backbord drehte. Er hatte eine Orange in den Händen. Ob er sie aus dem Frachtraum hatte?

„Nach La Solé.", antwortete ihr der Gast. „Ich treffe dort eine Frau, die die Zeit sehen und ein Mann der die Welt zeichnen kann."

„Das hört sich nach einem Abenteuer an", grinste Shiwa.

„Sicher doch, *Frau die mit den Wellen tanzt*."

Der Schwertmeister und die Zeit

„Meinst du, das wird heute noch etwas?", fragte Ishiki seinen Kumpanen. Sie lehnten sich zur Seite und beobachteten, wie sich ihre Auftraggeberin kopfüber von einer Regenrinne herabhängen ließ. März machte allezeit die seltsamsten Sachen. Viele Dinge tat sie wegen ihrer Gabe und einige Dinge tat sie, um es dann auf die Gabe zu schieben. „Wenn wir Glück haben kommen wir heute Abend noch an den Anlegestellen an." Das konnte schwierig werden. März liebte es über die Dächer der Städte zu streunen. Ishiki konnte es ihr nicht verübeln. Auch er zog die schattigen Plätze den sonnenbeschienen Gassen vor. Seitdem er als bester die Heishi-Schule abgeschlossen hatte, diente er als Schwertmeister seiner Majestät. Er passte auf seine wichtigsten Leute auf. Darunter auch März, *eine Zeitseherin*. Er hatte sie nie nach seiner Lebenszeit gefragt. Das passte nicht zu seinem Lebensstil. Er lebte für den Schweiß, das Adrenalin in seinen Adern, die Klingen in seinen Händen, und der Körper, der sich im

Kampf bewegte. Von Lebenszeit wollte er nichts wissen und dennoch bewunderte er die Augen dieser Frau. Er fragte sich wie sie die Welt wohl sehen mochte? Warum sie so lange Katzen und Frösche anstarrte, warum sie immer auf ihrer Lippe kaute oder warum sie sich einen Spaß daraus machte ihn und Kanamori zu ärgern... Der Arme würde noch graue Haare ansetzten.

„Warum, um alles in der Welt, starrt sie nun den Orangenhändler an?", fragte Kanamori.

„Frag mich etwas Leichteres. Wahrscheinlich hat sie erneut eine Zeit-Anomalie entdeckt."

„Wahrscheinlich ist sie einfach nur neugierig."

Wahrscheinlich war es das. Er konnte sich ein Lächeln nicht verkneifen, als ihre Locken an ihr herunterbaumelten, während sie kopfüber den Orangenhändler anstarrte. Irgendwas musste der Mann getan haben, um Märzs Interesse zu wecken. Ishiki seufzte und packte den Griff seines Schwertes, bevor er über die Straße schlenderte und sich unter seine Auftraggeberin stellte. „Herrin, was tut Ihr da?"

„Pst. Ishiki! Dein Atem stört. Und deine lange Lebensuhr sowieso."

„Herrin. Ich kann schlecht aufhören zu atmen. Dann würde die lange Lebensuhr auch aufhören."

„Dann geh und atme woanders."

„Ihr wisst, dass ich das nicht kann. Ich habe einen Eid an seine Majestät abgelegt Euch mit Leben und Klinge zu beschützen."

„Von einem Melonenhändler wird wohl kaum Gefahr ausgehen!"

„Aber sehr wohl von einer morschen Regenrinne."

„Was ...?"

Es quietschte und knarrte. Ein leiser Schrei drang aus März Kehle, als die Regenrinne unter ihrem Gewicht nach gab. Der Fall wurde aber von seinen Armen abgebremst. Er fing sie direkt auf, bevor sie sich ihren Dickschädel noch an der Straße aufschlagen konnte. „Ach man.", schnaubte sie und wand sich aus seinen Armen.

„*Dankeschön*, heißt das", korrigierte Ishiki sie.

„Ja ja. Dankeschön und ..." sie blickte ihn an. Nein, sie *starrte* ihn an. Für eine Sekunde hatte er Angst, sie hätte doch der Schlag getroffen. Aber sie starrte nicht ihn an, sondern die Zahlen über seinen Kopf. Und er wusste sofort, dass etwas mit seiner Uhr nicht stimmte.

Vogelgezwitscher

Kilian hielt in seinen Händen den kleinen Metall-Vogel, als er sich etwas zum Essen besorgen wollte. Sein Magen knurrte. Er hatte den ganzen Morgen an seinen Zeichnungen gesessen. Seine Fingerkuppen waren grau von den Kohlestreiften und selbst auf seiner Uniform waren Flecken. Er betrachtete das kleine Getriebe, welches sich zwischen seinen Fingern drehte und wendete. Der Vogel aus Blech und Messing pickte an seiner Haut, während die kurzen Beine auf seiner Handfläche dribbelten. Er hatte das kleine Wesen wieder zum Laufen gebracht. Jetzt scharrte es mit seinen Flügeln gegen seine Fingerkuppen.

Kilian war so vertieft in das kleine Lebewesen, dass er nicht sah, was auf ihn zukam. Und der Mann mit den Orangenkisten in den Händen sah ihn genauso wenig. Als sie einander prallten, rollten die runden Früchte über das Kopfsteinpflaster, während die beiden nach hinten stolperten. Kilian fluchte, als ihm der kleine Vogel aus der Hand fiel und über den Boden polterte. Er sprang ihm hinter her, um seine bröckelnden Teile wieder einzufangen. Sein Kopf prallte gegen den seines Entgegenkommers. Seine Uniformmütze verrutschte und er blickte verdutzt nach oben. „Verzeihung ...", stammelte eine Stimme, geprägt von einem jungen, schwingenden Akzent. Südliche Inseln. Als Kilian den Kopf hob, stand ihn ein junger Mann gegenüber, ungefähr sein Alter. Seine Haut vor von der Sonne gefärbt, sein Haar schwarz, wie von dunklem Gestein geschaffen. Unter seinem Hemd zeichneten sich die Muskeln von Tragen und Hieven schwerer Kisten ab. Seine Hände waren rau vom Halten und Zerren an Tauen und Seilen. Sein Kinn war schlank geschnitten und seine Statur groß. Ein Mann dessen Leben von Freiheit, Wind und Sonne gezeichnet worden war. Jemand, dessen strahlende Augen mehr gesehen hatte, als die muffigen Büros der Kartographen.

„Ist das deiner?", er hielt in seinen großen Händen den Vogel. Er zwitscherte leise. Trotz der Steine war ihm nur ein Zahnrad entflohen. „Danke ...", meinte der Kartograph seiner Majestät und nahm den Vogel aus den rauen, warmen Händen. „Ich bin in dich hinein gelaufen. Verzeih mir." Er brachte den zwitschernden Vogel in seiner Jackentasche in Sicherheit und sah sich um. Der junge Mann musste von einem der Schiffe kommen, die gerade am Hafen angelegt haben. Er hatte große Holzkisten mit Orangen getragen, die sich nun über die Straße streuten. „Lass mich dir helfen!", und ehe der schöne Fremde etwas anderes sagen konnte, sprang Kilian den Früchten schon hinterher. Er versteckte sein vor Scham gerötetes Gesicht in den Kragen der Uniform, während er eilig die Orangen einsammelte.

„Danke.", sagte der Mann mit den schwarzen Haaren. Seine Stimme war tief und hatte einen anderen Klang als Kilians. Er sprach die Wörter anders aus - was ihn faszinierte. „Du weißt nicht zufällig wo ich den Laden von einem *Loui* finde? Meine Schwester hat mir befohlen die Ladung vom Schiff zu ihm zu bringen." und er nickte auf die Holzkisten. „Monsieur Loui? Natürlich. Ich kenne ihn. Ich zeige dir den Weg.". Er war ohnehin in die Richtung unterwegs gewesen – das hätte er sagen können. Doch es würde nicht stimmen und als Kartograph war es ihm verboten zu lügen. „Du kommst von den Schiffen?", fragte er und ignorierte das aufgeregte Trällern seines Herzens und des Vogels in seiner Tasche.

„Ja. Von der *Wellenreiter*.", sagte der Mann.

Gedichte einer Insel II

Windböe
Streichen um deine Sicht
Das Schiff bäumt sich
Keine Planke mit ihm bricht

Wellen reiten und Wolken türmen
Nur dies Flugschiffe das Himmelszelt erstürm-
ten
Mit ihrer Gewalt, ihrer Schönheit
Sie schweben durch den Himmel
Hinauf
Hinauf

Gelenkt und Geführt
Eine Frau so stürmisch wie die Winde
Die Reiterin des Passates, der Stürme
Und der Luft

Gelernt zu töten
Gelernt zu schützen
Ein Mann mit schwieligen Händen
ledrig vom Halten einer Klinge

Wenn Metall auf Metall schlagen
Funken in seinem Herzen springen
Der Kampf schmeckt nach Salz, Staub und
Ruhm.
Der Mann mit harten Händen und weichem
Herzen

Sein Körper bewegt sich mit dem Atem
Bewegung und Sinne
Im Einklang
Perfekt. Ruhig. Betont.
Und doch so schnell,
dass ein mancher das Blinzeln vergaß.

Der Schwertmeister,
der die Zeit bewachte

Aufgeregtes Flattern
Ein Murmeln
Ein Trällern
Schneller schlagend, höher werdend
Das Herz
Und die Stimme eines Vogels

So laut, dass es ein jeder hören kann
Und doch in den Bäumen verborgen
Das Schlagen eines Herzens
Und das Singen eines Vogels

Eine zufällige Begegnung
oder doch Schicksal
Der Mann der von den Schiffen kam
Und der Kartograph seiner Majestät
versteckt im Vogelgezwitscher

Der Kater

Mercator verfolgte mit seinen Blicken den Vogel, welcher sich auf die sonnenbeschienen Dächer niedergesetzt hatte.

Er pickte nichtsahnend in dem wuchernden Moos, das aus dem Dachziegel ragte. Er kauerte er sich nieder. Sein Schwanz zuckte unruhig hin und her, während er den Vogel weiterhin anvisierte und ...

Ein Schrei ließ den Vogel zusammenzucken und aufflattern. Mercator legte verdrossen die Ohren an. Da ging es hin, sein Mittagessen.

Unter ihm schien ein Tumult ausgebrochen. Es krachte, als eine Regenrinne zerbrach und eine junge Frau fast stürzte. *Seltsame Menschen.* Seine Ohren drehten sich als er ein weiteres Geräusch vernahm. Jemand kam auf das Dach! Eine große Gestalt mit Umhang und Kapuze. Er bewegte sich als würde er mt dem Wind gehen. Mercator erkannte seinen alten Freund wieder. Er war der einzige Mensch, den er hier oben duldete. Er sah immer so traurig aus und er war stets still – beinahe schon lautlos.

Mit aufgestellten Fell und trappelnden Schritten

tanzte er auf die Figur zu.

„Kommst du wieder zu mir?", murmelte die Stimme, während Mercator sich an seinem Hosenbein rieb. Er duftete immer so eigenartig. Nach Wind und fallenden Blüten. Nach Sommer, Frühling, Herbst und Winter zugleich. Nach Schnee, Asche und … Orangen. Die Gestalt setzte sich und öffnete die Hände. Er hielt dem Kater ein Stück geschältes Obst hin. Mercator machte einen Buckel und rümpfte die Nase. „Katzentiere scheinen keine Vorliebe für Orangen zu haben.", meinte die Gestalt und warf sich ein Stück in den Mund. Wie groß er war! Sicherlich größer als die anderen Menschen. Er war generell anders als die anderen. Als sich der Kopf des Mannes zu ihm drehte, fiel weißes Haar aus seiner Kapuze. Wie fallender Schnee wehte es über seine Schulter. Sterne und Funken kreisten um ihn, wie Monde um Planeten. Wenn er die Hand bewegte, flüsterte der Wind. Und wenn er einen Atemzug nahm, verstummte die Luft. Als hätte sie Angst vor ihm. Nur Mercator hatte keine Angst vor ihm. Der Mann betrachtete die Orange in seinen Händen, während der Kater um ihn schnurrte. Seine großen Hände fuhren ihm durch das weiße Fell. Und gleichzeitig war er zierlich und vorsichtig, so als wolle er Mercator kein Haar krümmen. Er mochte den Fremden, auch wenn er immer einsam schien, auf seinen Platz hier auf dem Dach. Vielleicht mochte er ihn aber auch gerade deshalb – weil er so anders war.

„Faszinierend.", meinte der Mann, zu der Frucht in seinen Händen. „Ich komme jedes Jahr hier her nur, um diese Früchte zu essen.", er sah hinunter zu den Laden des Mannes, der die runden, hellen Gegenstände verkaufte. Sternschnuppen blitzen in seinen stillen Augen. „Und doch schmecke ich jedes Jahr denselben Geschmack.", er warf sich ein weiteres Stück in den Mund, während Mercator sich neben seinen Stiefel sinken ließ. „*Leidenschaft.*", murmelte er während der Kater sich friedlich zusammenrollte. Hier würde er bleiben.

„So viel Leidenschaft in einer Frucht. Es ist wahrlich beeindruckend, das Menschen eine solche Hingabe für kleine Dinge entwickeln können. Nicht wahr, mein Freund?" Mercator zuckte mit dem Schwanz. Ja, Menschen waren schon was Sonderbares. Und er mochte den Mann auf dem Dach umso mehr, weil er eben keiner von ihnen war.

Das Schicksal der Zeit

März blickte ihren Leibwächter an.

Sie hatte Angst. In ihrem Herzen machte sich ein stumpfes Gefühl breit und ihre Brust zog sich zusammen. Sie hatte sich doch versichert, dass die Zahlen ihrer Begleiter am Morgen noch hoch waren. Doch in dem Moment als Ishiki sie aufgefangen hatte und sie zu ihm hochgesehen hatte, war seine Zahl gesprungen. Von mehreren Jahren und Monaten … auf nur wenige Minuten. Und das nur, weil er sie aufgefangen hatte.

„Herrin?", der attraktive Schwertmeister, mit den eleganten mandelförmigen Augen, dem schwarzen Haar und dem freundlich-distanzierten Lächeln, blickte sie nun genauso ängstlich und besorgt an. Sie durfte es ihm nicht sagen. Es war ihr verboten sich in das Schicksal der Menschen, die ihr Nahe standen einzumischen. Das würde sie aus puren Eigennutz tun. Ihre einmaligen Kräfte waren zu etwas Höheren bestimmt. Sie diente dem Höchsten und ihm alleine oblag es, wie sie diese Macht einsetzten durfte. Doch seine verzweifelten Augen zu sehen ... März hatte keine Ahnung wie es passieren würde, dass seine Lebenszahl beendete. Wenn diese Zahlen abgelaufen waren, würde dieser Mann sterben. Wenn man ihr befahl zuzusehen, dann sah sie zu. Wenn man ihr befahl zu handeln, dann handelte sie. Doch jetzt in diesem Moment gab es kein Befehl und kein Kommando. Es gab nur die Angst. Und diese wurde größer, je kleiner die Zahl über seinen Kopf wurde. Wenn März sich einmischte... Dann war sie selbst dem Tode geweiht. Ihr Herrscher würde sie hinrichten lassen, wenn sie ihre Macht zu eigenen Zwecken missbrauchte. Sie blickte zu Kanamori, der stirnrunzelnd hinter sie getreten war.

„Wie lange?", flüsterte Ishiki so leise, dass es sein Kumpane nicht hören konnte. Diese Frage war verboten. Auf dieser Frage stand der Tod. Er durfte sie das nicht fragen. Und sie durfte nicht antworten.

„Zwei Minuten."

Er wurde blass. Er schluckte, einmal, zweimal. Er bettelte nicht um sein Leben. Sondern nickte nur. So als hätte er es akzeptiert. Aber März ... sie konnte das nicht akzeptieren. Sie konnten fliehen, versuchen von der Zeit abzuhauen. Doch es war egal was sie nun taten. Es war ihm bestimmt. Langsam schüttelte März den Kopf.

Sie begann sich auf der Straße umzusehen. In zwei Minuten würden sie nicht weit kommen, was bedeutete, dass der Tod irgendwo hier lauern musste. Doch sie konnte nichts in dieser friedlichen Gegend erkennen.

„Kanamori!", rief sie.

„Ja, Herrin?", seine Zeit war unverändert. Die lange Lebensspanne eines jungen Mannes.

„Sucht die hinteren Straßen nach einem möglichen Angreifer oder eine Gefahr ab.", bat sie ihn. Er sah ihre Blicke, ihre und Ishikis. Und er verstand, warum sie ihm diesen Befehl erteilte. Er nickte und rannte los. Auf der Suche nach etwas, was noch nicht da war, aber womöglich den Tod bedeuten könnte. Die Zahl über Ishikis Kopf wurde kleiner und kleiner und kleiner. Und März hasste zum ersten Mal ihre Gabe. Hinter ihnen erklang Stimmengewirr, als zwei junge Männer die Straße betraten. Der eine trug eine Kiste in seinen Händen, neben ihn lief einer in einer Uniform, die sie von Kaiserhof kannte. Sie unterhielten sich unbeschwert. Nichts ahnend, was gleich passieren würde.

Der geheime Admiral

Monsieur Loui erkannte den jungen Mann, der neben seinen Lieferanten herging. Der Kartograph seiner Majestät. Sein Meister hatte bei ihm immer eingekauft und nur die besten Orangen verlangt. Er blickte zu Mikah Kresaldi. Seine Schwester Shiwa Kresaldi war Captain eines der Flugschiffe, die ihm Orangen aus den südlichen Teilen der Welt brachte. Mikah hielt große Stücke auf seine Schwester und bewunderte sie mit jedem Atemzug. Dabei schien er immer wieder zu vergessen, dass er Admiral der kaiserlichen Flotte war. Während seinen außerdienstlichen Zeiten arbeitete er als einfacher Frachtmann auf den Schiffen von Shiwa. Er erzählte niemanden wer er war. Loui hatte es selbst nur von dem Klatsch von Madame Couturière erfahren. Und jetzt stellte dieser große Admiral, der bei den Windschlachten von Turuna gekämpft hatte, Kisten mit Orangen vor seinen Laden.

„Ihre Bestellung.", eine dunkle, freundliche Stimme. Versteckt hinter den rauen Ton, wenn er Befehle über die Schiffsdecke donnerte. Der

Kartograph an seiner Seite lächelte und hatte nur Blicke für die langen, dunklen Wimpern des Admirals.

Der Duft von frischen Orangen stieg Louis in die Nase. Helles orange-gelb schillerte ihm entgegen. Süßlich. Zart. Neu und vorsichtig. Etwas was sich gerade erst gefunden hatte. Diese Orangen würden nicht nach *Leidenschaft* schmecken. Sondern nach frischer *Liebe*. Wie ein Sommerwind, der die warmen Gesichter küsste und das Haar zum Kräuseln brachte. Wie ein Aufatmen. Ein Lachen. Ein beschwingtes Lächeln. Loui räusperte sie. „Habt Dank, die Herren.", meinte er und reichte den beiden zwei der frischesten Früchte. „Mein Beileid an Euch, Kartograf. Zu dem Tod Eures Meisters." Ein kurzes Aufflackern. Eine Wunde, die sich noch nicht geschlossen hatte. Trauer, die mit ihr Hand in Hand gehen. Der Knabe hatte nicht nur seinen Meister von wenigen Monden verloren, sondern auch sein Vorbild.

„Er liebte Eure Orangen.", sagte der Kartograf und hob dankbar die Frucht hoch. „Sie erinnerten ihn an unsere Welt."

Ja. Diesen Satz hatte Loui schon einmal gehört. „Ihr werdet sicher bald in seine Fußstapfen treten." *Großkartograf.* Der erste Kartograf seiner Majestät. Der höchste Platz in der Wissenschaften der Inselplatten. Doch statt mit einem jubelnden Lächeln zu antworten, wurde der Junge vor ihm still.

„Ich würde lieber vorher die Welt sehen.", er betrachtete die Frucht in seinen Händen und drehte sie in seinen Händen. „Auf einem Schiff. Alle Inseln. Jede von ihnen."

Loui nickte verständnisvoll. „Wer würde das nicht?", er schielte hinüber zu dem unsichtbaren Admiral, der stumm geworden war. In seinen Augen lag ein Wissen, dass er gerne dem Kartografen mitteilen würde. Doch ehe er etwas sagen konnte ertönte eine neue Stimme hinter ihnen.

„Der Tod!", Madame Couturière trat an ihnen energischen Schrittes vorbei, den Zeigefinger zur Warnung erhoben. „Der Tod!", wiederholte sie. „Er wird uns alle kommen holen!" Im selben Moment begann es in den Umhang des Kartografen zu zappeln und zu zirpen. Verwundert holte dieser das Abbild eines kleinen mechanischen Vogels hervor. Er klappte seinen Metallschnabel auf und zu und zwitscherte laut. Er schlug mit den Flügeln und fiel den Kartografen aus den Händen.

Gedichte einer Insel III

Schnurrhaare
Auf sie spiegelt sich der Tau des Morgens
Das Fell lieblich
Die Ohren aufmerksam

Ein Kater, der die Welt von oben sieht
Die Menschen erkennt und doch meidet
Er seine Liebe zu einem Fremden erweckt

Eine Welt der er durch Katzenaugen sieht
Schweigend. Aufmerksam.
Und doch kein Teil von ihnen.
Der Kater und der Mann
Auf den Dächern von La Solé

Unaufhaltsam
Unbeugsam
Gnadenlos
Korn und Korn
Fällt die Zeit durch die Sanduhr

Jeder Atemzug
Jeder Wimpernschlag
Vergangen bereits in dem Moment
Niemand kann sie aufhalten
Niemand kann sie verändern

Die Zeit
Die Zeit
Unser Los und unser Laster
Verrinnt zu schnell
oder vergeht zu langsam
Was wirst du tun,
Kind mit den Augen, die die Zeit erfassen
kann?

Wird er dein letztes Sandkorn sein?

Etwas was entsteht
Etwas Neues
Süße in der Luft
Hoffnung

Der Geschmack von Orangen
so fein und zärtlich
Versteckt unter der harten Schale
Geheimnisse
Bring sie ans Tageslicht
Zeig ihm wer du bist

Freiheit
Liebe
Das ist der Geschmack von frischen Orangen
In den Händen getragen eines Mannes
Der sein Gesicht versteckt
Was geschieht, wenn er entdeckt?

Stille

Die Zahlen wurden geringer ... kleiner ... dünner.

März stand ihrem Freund gegenüber und blickte ihm ins Gesicht. Ihre Angst war ein Schleier, durch den sie nicht atmen konnte. Ihr Herz klopfte aber ihre Sinne spürten es nicht mehr. Die Entschlossenheit packte sie. Sie kribbelte unter ihren Fingernägeln. Ängstlich und gleichzeitig brennend. Und dann tat sie es. Etwas sehr Dummes. „Tut mir leid.", murmelte sie dem Schwertmeister mit dem lieblichen Gesicht zu. Ishiki konnte kaum den Mund aufmachen, da war es schon geschehen. März hob die Hände. Sie schloss die Augen. Sie tastete in die Dunkelheit ihrer Lieder – bis sie es fand. Ihre eigene Uhr. Schillernd. Geformt aus alten Zahlen. Vielen Zahlen. Sie hatte noch viel Zeit. Aber er nicht. Und so griff März nach ihrer Uhr. Und sie brachte die Zahlen zum Stillstand. Die Welt erstarrte. Der Vogel der dem jungen Mann aus der Tasche fiel, verharrte in der Luft. Der Kater oben auf dem Dach regte sich nicht mehr. Der Wind, der die Segel der Flugschiffe bewegte, hörte auf zu flüstern. Jeder Mensch, jedes Lebewesen, selbst die Schmetterlinge in der Luft – sie alle verharrten in ihrem Augenblick. Es wurde still. Kein Laut drang aus der Unendlichkeit der Stille. Es war wie durch einen Vorhang zu treten. März betrat eine erstarrte Welt. Angehalten von ihr, der Zeitseherin. Kein Sandkorn würde nun mehr fallen. Keine Zeiger ticken, keine Zahl würde kleiner werden. Nicht so lange sie ihre eigene Uhr anhielt. Sie sah Ishiki vor sich. Seine Augen waren still. Seine Lippen regungslos. Kein Wind zerrte ihn durch das nachtschwarze Haar. Aber auch die Zahl über seinem Kopf waren stehen geblieben. Wenige Sekunden vor ihrem Ende. März betrachtete den Mann, welcher ohne zu zögern sein Leben für sie ersetzen würde. Er würde es sogar hinnehmen für immer fortzugehen. Er wusste nicht welche Strafe sie erwarten würde, wenn man bemerken sollte, was sie gerade tat. *Dass sie die Zeit angehalten hatte!* Sie mag die Zeitseherin sein. Aber sie war dennoch ein Mensch der fühle, lachte, weinte, spürte, … und liebte.

„Was wirst du jetzt tun, Mädchen?" Eine Stimme erklang. Was unmöglich war. Alle waren in der Zeit gefangen, die März in den Händen hielt. Doch als sie sich herumdrehte, stand dort eine Frau. Sie bewegte sich. Sie blinzelte. Sie war nicht erstarrt. Sie war alt und runzelig. Viele Sonnen hatten schon ihr Gesicht geküsst. Sie trug bunte Kleidung aus Seide und herrlichen Federn. In dem Arm ein Korb Orangen, gestützt auf einen Stock aus hellen Holz. Und doch hatte März sie übersehen. „Ihr könnt nicht hier sein.", stammelte sie verwirrt. Das war unmöglich. März blickte über den Kopf der Frau. Ihre Augen mussten sie trüben aber … Die Dame vor ihr, … ihre Zeit. Sie war verschwunden! Stattdessen prangte sie nun über den Kopf des jungen Zitronenhändlers. Und da begriff März: *Die alte Frau hatte sie ausgetrickst!* März hatte geglaubt der Avocadohändler hätte keine Zeit über sich. Dabei hatte sie falsch hingesehen. Es war nicht der Rhabarberhändler - es war diese Frau, die keine Zeit besaß ... nie besessen hatte!

„Du hast die Zeit angehalten, um ihn zu retten.", die Alte deutete mit ihrem Stock hinter März auf Ishiki. „Die Frage ist nun, was du tun willst, Mädchen mit den Augen der Zeit?"

Das geteilte Leben

Und so hatte das Mädchen, das Rad angehalten, was keiner zu stoppen vermag. Sie hatte die Luft gestoppt, den Wind gebremst, die Macht zum Schweigen gebracht, die Berge festgehalten und die Inseln aufgehalten. Sie hatte die Zeit zum Stehen gebracht.

„Und wie gedenkst du ihn nun zu retten?"

Das junge Ding hielt inne. Sie hatte nicht nachgedacht, was sie gerade getan hatte. Ihr Herz hatte sie geführt.

„Ein verliebtes Herz.", murmelte die alte Frau laut. „Es ist schwer zu bändigen, nicht wahr?"

März öffnete den Mund. Offensichtlich wollte sie widersprechen, konnte aber nicht. "Die Menschen tun vielerlei Dinge. Einige aus Hass, einige aus Frust, andere aus Verdruss. Aber aus Liebe? Wer behauptet von sich schon, etwas aus Liebe zu tun?"

„Er würde sein Leben geben, um mich zu bewahren.", murmelte März. „Es ist nur Recht, dass ich mein Leben geben würde, um ihn zu bewahren."

Die alte Frau griff in ihren Korb und holte einer

der herrlich süßen Orangen hervor. Eine Frucht, so rund wie die Welt sie einst war. Doch dann kam der Hass der Menschen. Die Wut aufeinander. Die Kriege, die sie führten; die Verwüstung, welches sie auf ihren eigenen Planeten niederbrachten. Sie vergifteten die Luft und verschmutzten das Wasser. Sie teilten nicht, obwohl sie alles hatten und hungerten, obwohl jeder satt werden konnte. Darum bestraften die Götter sie. Sie teilten die Welt, wie sie einst war in dutzende Inseln auf, sodass die Menschen sich nicht mehr bekriegen und hassen konnte.

Die alte Frau sah das Mädchen an und warf ihr die Orange zu. Wenn doch nur alle Menschen so aufopferungsvoll wie sie gewesen wären... Denn in ihrem Herzen regierte nicht der Hass, sondern die Liebe. „Würdest du deine Zeit mit ihm teilen?", fragte die alte Frau das Mädchen. „Würdest du deine Zeit mit dem jungen Mann teilen, sodass er nicht gehen muss?" „Ja.", sprach März sofort. „Natürlich."

„Du kannst dieses Geschenk, was ich dir biete, nicht zurücknehmen. Du wirst viele Jahre deines Lebens verlieren. Ein Leben ist lang und kurz doch zugleich. Wir haben alle nur eines. Aber würdest du die Hälfte davon an jemanden verschenken?" „Ja.", antwortete März wieder. Und sie würde immer so antworten.

„Ihr werdet nicht alt werden. Aber ihr würdet die Zeit miteinander verbringen, die ihr euch teilt. Und wenn diese abgelaufen ist, werdet ihr beide gehen müssen.", sagte die alte Frau.

„Du verlangst viel.", sprach März, „Aber denkst du, ich hätte Angst vor der Zeit?", meinte sie lächelnd.

„Hast du denn Angst vor der Zeit, mein Kind?"

„Nein." „Dann geh und nimm es.", sagte die alte Frau und deutete auf das Geschenk der Orange. Ein kleiner Ball, gefüllt mit süßen Erinnerungen. Aber er trägt auch den Keim in sich. Pflanzt man ihn ein, wird ein Baum wachsen und neue Früchte tragen. Denn so ist der Kreislauf. Wo etwas vergeht, wird etwas Neues entstehen. Und wo Zeit vergeht, wird vielleicht auch Liebe entstehen.

Als März die Zeit wieder losließ, ging die Welt weiter. Ishiki machte die Augen auf und blickte sie an. Die Zahlen über seinem Kopf war länger geworden. Ein halbes Leben länger. März lächelte.

„Was hast du schon wieder angestellt?", seufzte Ishiki, als er das ihr Lächeln sah. „Nichts.", grinste sie. Sie halbierte die Orange in ihren Händen und hielt sie ihm hin. „Möchtest du ein Stück?"

Die Farben der Welt

Monsieur Loui meinte Schluckauf gehabt zu haben. Oder zumindest hatte es sich kurz angefühlt. Ein kurzes Luftschnappen, als wäre die Geschichte um ihn herum erstarrt gewesen. Er schüttelte den Kopf. Er musste sich geirrt haben. Denn als er wieder aufsah, war die Welt ganz normal. Der junge Kartograf fluchte, als ein Kater, der vom Dach gesprungen kam, den kleinen Blech-Vogel nachjagte. Der Admiral lachte dabei. Nicht weit von ihnen stand ein junges Paar, welches sich das erste Mal in die Augen sah und eine Orange teilte. Auf einer Bank neben dem Blumenladen saß die alte Madame Couturière und genoss die Sonnenstrahlen. Über ihren Köpfen flogen die großen Flugschiffe, die sich aufmachten zu neuen Häfen. Der Wind rauschte in den Blättern der hellen Kirschblüten. Die junge Captain der *Wellenreiter,* Shiwa Kresaldi kam die Straße herunter und winkte ihren Bruder zu. Sie brachte die letzten Kisten der Fracht, die Mikah Kresaldi unter Deck vergessen hatte. Die Welt war ruhig. Die Welt war friedlich. Er musste sich wirklich getäuscht haben. Loui sah den bunten Geschichten zu, die sich um seinen Laden verteilt hatten. Sie alle kamen aus anderen Welten, anderen Zeiten. Gesichter mit ihren Geschichten. „So viele Farben." Loui blickte auf. Ein Mann im schwarzen Gewand stand vor seiner Auslage. Seine glatten, kalten Augen blickten über die Orangen. Er lächelte nicht und doch hatte Loui das Gefühl, er würde schmunzeln. „Sie sind alle orange, mein Herr.", meinte der Orangenhändler. „Nein.", murmelte der Mann leise. „Das sind sie nicht.", er griff sich einer der Früchte aus der Kiste und hielt sie in das Licht der späten Nachmittagssonne. War schon ein ganzer Tag vergangen? „Diese ist besonders schön.", murmelte er zufrieden und streckte ihn einige Groschen hin. Er war ruhig. Seine Bewegungen waren zeitlos und still. Sein Haar war weiß wie die Wolken und die Segel der freien Schiffe, die über den Himmel zogen. Loui kannte diesen Mann und gleichzeitig, konnten sie sich nicht fremder sein. „Seid ihr wieder auf La Solé, alter Freund?", fragte Louis während er die Münzen annahm und das Wechselgeld reichte. „Ich meinte hier eine Aufgabe zu haben.", sprach der kalte Mann in Schwarz und blickte über seine Schulter. Seine Augen fielen auf den Schwertmeister und der jungen Frau mit lockigen Haar.

„Doch wie mir scheint, bin ich umsonst gekommen." „Niemandes Weg ist umsonst.", lächelte Loui. „Ihr habt eine herrliche Geschichte erlebt. Da bin ich mir sicher." Hinter ihnen war warmes Gelächter zu hören, als der Admiral es endlich schaffte den aufgeweckten, mechanischen Vogel wieder einzufangen. Er reichte ihm den Kartografen. Dieser wurde rot, wie die Sonne, wenn sie in das Wolkenmeer versank. Shiwa Kresaldi kniete sich derweilen und streichelte vorsichtig den weißen Kater. Zwei Seelen die, die Freiheit mehr liebten als die Menschen. Sie holte aus ihrer Tasche etwas Fisch, welches sie aus weit entfernten Ländern auf ihrem Flugschiff mitgebracht hatte.

„Ich bin mir sicher Ihr konntet auch dieses Mal wieder Gedichte sammeln, mein Herr.", meinte Loui zuversichtlich. Der Mann mit dem weißen Haar und den beobachtenden Augen nickte. Er nahm die Orange und steckte sie in den schwarzen Umhang. „Da sagt ihr etwas Wahres, mein Freund."

„Wovon wird Euer diesjähriger Band handeln, alter Gedichtenschreiber?", fragte Loui neugierig.

„Von einem Orangenladen auf La Solé.", antwortete er und ging.

Gedichte einer Insel IV

Eine Insel die den Atem anhält
Stille, kein Laut
Der Wind erstarrt
Der Tau glänzend
Kein Tropfen mehr fällt
Die Welt im ewigen Schlaf

Ruhe des unendlichen Sturmes
Erstickend
Regungslos
Kein Hauch mehr zu spüren auf der Haut
Kein Atem mehr durch die Nase schnaubt
Stille, kein Laut

Ein Herz geteilt in Aufopferung
Ein halbes Leben für ein Ganzes
Was opfern wir?
Was lieben wir?

Eine Gabe gegen
Die Zeit gestoppt
Liebe in den Augen
Wille im Herzen

Das Leben es nimmt
Das Leben es gibt
Ein Schicksal an einen Faden gebunden
Geteilt
So wie der Himmel von der Erde

Wellen aus Wolken
Strahlen aus Gold

Eine Welt fast vergessen
Doch gesungen von den Herzen der Menschen

Ein Poet der sein Wort teilt
Er schreibt das was er sieht
Er schreibt das was er fühlt

Eine Welt aus Düsternis entstanden
Doch lebt in ihr die Hoffnung und die Liebe

Die Liebe
Ihr Geschmack auf der Zunge, nie vergessen
Ihr erster Blick, das erste Lächeln

So viel hat sie bedeutet,
das selbst die Zeit stockte
das selbst die Welt anhielt

Die Liebe
Der Tod
Das Leben

Bittersüß der Geschmack
gleich wie Orangen
aus La Solé

Der Gedichtenschreiber

Er legte seine Feder nieder und strich über die Seiten. Er saß auf seiner Bank. Das kleine Buch auf dem Schoß und blickte in den Untergang der Sonne. Die Feder drehte sich in seinen Händen. So viele Gedichte. Er hatte lange nicht mehr so viel erlebt. Die Poesie schillerte. Wach und lebhaft. Die Tinte war noch frisch und es roch nach Papier und Flieder. Es mischte sich mit dem Duft von Abendstimmung und Ruhe. Morgen würde sein Schiff ablegen. Morgen würde er zu nächsten Inselplatte ziehen.

„Ein alter Freund."

Er blickte von seiner Poesie auf, als eine alte Dame mit Federhut sich seiner Bank näherte. Sie lächelte müde, aber doch glücklich. Er machte ihr Platz, dass sie sich auf ihre alten Tage neben ihn setzten konnte.

„Du hast in meine Arbeit gepfuscht, Vita.", meinte er streng zu ihr. Die alte Dame lachte leise. „Aber, aber mein lieber Mortis. Lass einer alten Dame doch ihren Spaß."

„Ich kam auf diese Insel, um die Lebenszeit eines jungen Schwertmeisters einzusammeln.

Wie hätte ich ahnen können, dass du dies verhindern würdest.", murmelte er und legte die Stirn in Falten. „Das war nicht ich,", lächelte Vita Couturière. „Wer dann?", fragte der Mann mit den weißen langen Haaren und den langen schwarzen Umhang.

„Die Liebe, verehrter Mortis. Die Liebe. Sie besiegt selbst dich. Sie besiegt selbst den Tod."

„Ich *bin* der Tod.", schnaufte er.

„Und doch reist du durch die Inseln, isst Orangen und sammelst deine kleinen Gedichte.", lachte die alte Dame.

„Ich mag Gedichte.", verteidigte er sich und drückte das kleine Büchlein etwas mehr an sich. Und Orangen. Und Katzen. „Und du magst wohl immer noch diese grässlichen Hüte mit den bunten Federn.", entgegnete er.

„Lass mich und meine Hüte bloß zufrieden, Mortis.", warnte sie und hob drohend den Finger. Doch ein Lächeln spiegelte sich auf ihrem faltigen Gesicht. Sie war zufrieden. Sie schien glücklich. Es sei ihr vergönnt. „Sieh uns an.", meinte sie und blickte in den Sonnenuntergang. „Der Tod und das Leben teilen sich eine Bank." Sie musterte ihn von der Seite. Zwei Wesen. Ein Mann in Schwarz, welcher Gedichte schrieb und über die Inseln reiste. Eine Frau mit buntem Hut und seidenen Kleidern. Tod und

Leben. Mortis und Vita. Sie saßen zusammen auf der Bank und sahen der Sonne beim Verschwinden zu. „Der Tod.", murmelte sie. „Er wird uns alle noch holen."

„Das werde ich.", versprach Mortis. „Denkst du, das ist der Grund, warum sie Menschen sich vor mir fürchten?", er drehte seine kleine Gedichtsammlung in den Händen. Seine Worte waren die Sprache seiner Seele und die Farben der Menschen, die er auf dem dünnen Papier festhielt „Sie fürchten dich, weil du das Ende bist, alter Freund.", meinte Vita, „Und dabei hatten sie gleichzeitig das Ende ihrer eigenen Welt beschert." Sie blickten auf den Horizont, wo die einzelnen Inselplatten in einem Meer aus Wolken trieben. „Sie sind schon sonderbar.", murmelte Mortis. „Aber ich mag ihre Geschichten."

„Das tun wir alle.", meinte die alte Dame. Sie holte ihren Korb hervor und stellte ihn zwischen ihnen beiden auf die Bank. Über ihnen zogen die Schatten der Flugschiffe. Das Gras duftete und der Abendwind zog über La Solé. „Möchtest du eine Orange, mein Freund?

VIVIEN PETRI

Eine Studentin der Geschichte und der Philosophie mit
großen Träumen und ein Herz für Bücher und Literatur.
Die Zeilen und Buchstaben sind mein zuhause und ich
liebe es mich in jedes Abenteuer zu werfen. Ich schreibe
schon seit ich denken kann und die Leidenschaft eine
Autorin zu sein erfüllt mich in jeder Minute, die ich vor
meinen Arbeiten sitzen kann.

Loved this book?
Why not write your own at story.one?

Let's go!